Olhos do Mundo
lendas escolhidas e recontadas

EDITORA AUTORES ASSOCIADOS LTDA.
Uma editora educativa a serviço da cultura brasileira

Av. Albino J. B. de Oliveira, 901
Barão Geraldo | CEP 13084-008 | Campinas-SP
Telefone/Fax: (55) (19) 3289-5930 | Vendas: (55) (19) 3249-2800
E-mail: editora@autoresassociados.com.br
Catálogo *on-line*: www.autoresassociados.com.br

Editora
Maria Aparecida Motta

Diretor Executivo
Flávio Baldy dos Reis

Coordenador Editorial
Rodrigo Nascimento

Preparação
Aline Marques

Revisão
Rodrigo Nascimento
Anna Viollin

Diagramação e Projeto Gráfico
Maisa S. Zagria

Capa
Thais Leal
Thais Linhares

Ilustração
Thais Leal
Thais Linhares

Arte-final
Maisa S. Zagria

Impressão e Acabamento
PT Pabrik Kertas Tjiwi Kimia TBK

www.abdr.org.br
abdr@abdr.org.br
denuncie a cópia ilegal

Olhos do Mundo
lendas escolhidas e recontadas

Edson Gabriel Garcia
Jorge Miguel Marinho
Lidia Izecson de Carvalho

Ilustração
Thais Leal e Thais Linhares

Dados Internacionais de Catalogação na Publicação (CIP)
(Câmara Brasileira do Livro, SP, Brasil)

Garcia, Edson Gabriel
  Olhos do mundo: lendas escolhidas e recontadas / Edson Gabriel Garcia, Jorge Miguel Marinho e Lidia Izecson de Carvalho; ilustrações Thais Leal e Thais Linhares. – Campinas, SP: Ciranda de Letras, 2012.

  ISBN 978-85-62018-11-4

  1. Folclore 2. Lendas 3. Literatura folclórica 4. Mitos 5. Literatura infantojuvenil I. Marinho, Jorge Miguel. II. Carvalho, Lidia Izecson de. III. Leal, Thais. IV. Linhares, Thais. V. Título.
  I. Linhares, Thais. II. Título.

11-12307   CDD-028.5

Índices para catálogo sistemático:

1. Lendas: Literatura infantil   028.5
2. Lendas: Literatura infantojuvenil   028.5
3. Mitos: Literatura infantil   028.5
4. Mitos: Literatura infantojuvenil   028.5

Impresso na Indonésia – fevereiro 2012
Copyright © 2012 by Editora Autores Associados LTDA.

Depósito legal na Biblioteca Nacional conforme Lei n. 10.994, de 14 de dezembro de 2004, que revogou o Decreto-lei n. 1.825, de 20 de dezembro de 1907.

Nenhuma parte da publicação poderá ser reproduzida ou transmitida de qualquer modo ou por qualquer meio, seja eletrônico, mecânico, de fotocópia, de gravação, ou outros, sem prévia autorização por escrito da Editora. O Código Penal brasileiro determina, no artigo 184:

"Dos crimes contra a propriedade intelectual
Violação de direito autoral
Art. 184. Violar direito autoral
Pena – detenção de três meses a um ano, ou multa.
1º Se a violação consistir na reprodução, por qualquer meio, de obra intelectual, no todo ou em parte, para fins de comércio, sem autorização expressa do autor ou de quem o represente, ou consistir na reprodução de fonograma e videograma, sem autorização do produtor ou de quem o represente:
Pena – reclusão de um a quatro anos e multa."

Sumário

9 Apresentação

13 A Mãe d'Água
Brasil • Edson Gabriel Garcia

17 O homem que guardava a luz
Venezuela • Jorge Miguel Marinho

21 O voo do morcego
México • Lidia Izecson de Carvalho

25 A flauta mágica
Austrália e Nova Zelândia • Edson Gabriel Garcia

29 A terra que juntou o Sol e a Lua
Canadá e Alaska • Jorge Miguel Marinho

33 A moça da neve
Japão • Lidia Izecson de Carvalho

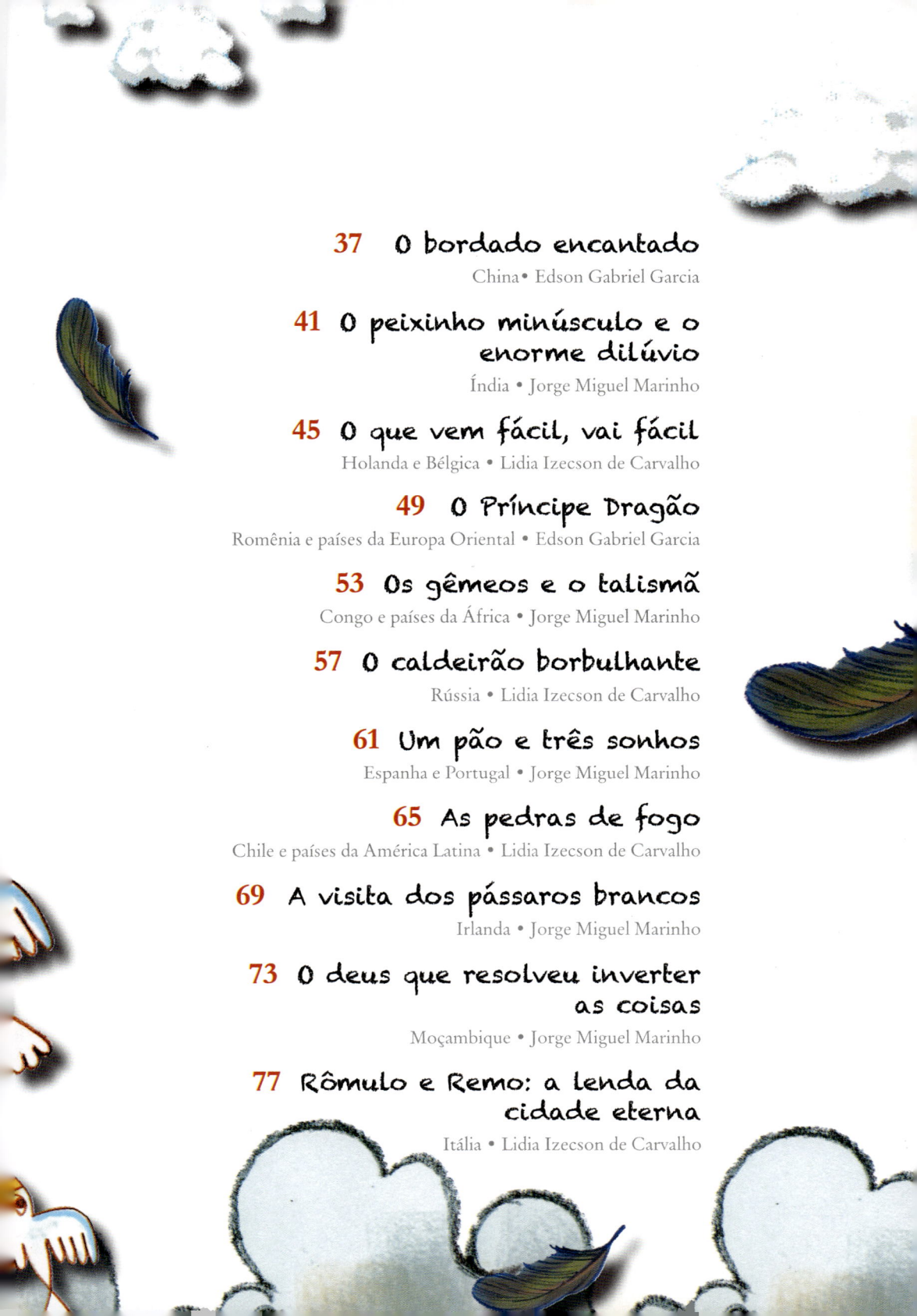

37 O bordado encantado
China • Edson Gabriel Garcia

41 O peixinho minúsculo e o enorme dilúvio
Índia • Jorge Miguel Marinho

45 O que vem fácil, vai fácil
Holanda e Bélgica • Lidia Izecson de Carvalho

49 O Príncipe Dragão
Romênia e países da Europa Oriental • Edson Gabriel Garcia

53 Os gêmeos e o talismã
Congo e países da África • Jorge Miguel Marinho

57 O caldeirão borbulhante
Rússia • Lidia Izecson de Carvalho

61 Um pão e três sonhos
Espanha e Portugal • Jorge Miguel Marinho

65 As pedras de fogo
Chile e países da América Latina • Lidia Izecson de Carvalho

69 A visita dos pássaros brancos
Irlanda • Jorge Miguel Marinho

73 O deus que resolveu inverter as coisas
Moçambique • Jorge Miguel Marinho

77 Rômulo e Remo: a lenda da cidade eterna
Itália • Lidia Izecson de Carvalho

Apresentação

Neste livro você vai encontrar várias lendas. As lendas são histórias muito antigas, sem autoria conhecida, contadas oralmente de pai para filho ao longo de várias gerações. Foram criadas por povos de diferentes lugares e épocas para explicar os fenômenos da natureza, como o surgimento da Terra, o aparecimento do dia e da noite, o crescimento das plantações etc. Como esses povos não conseguiam explicar cientificamente as coisas que aconteciam no mundo, criavam lendas com esse objetivo. As lendas também serviam como forma de passar conhecimentos e alertar as pessoas sobre perigos, defeitos e qualidades do ser humano. Por isso, além das coisas da natureza, as histórias também falam de heróis, monstros

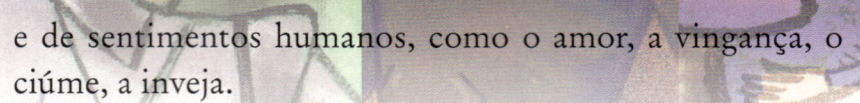

e de sentimentos humanos, como o amor, a vingança, o ciúme, a inveja.

Com essas histórias, você vai poder se emocionar, rir, chorar ou mesmo se assustar. E vai poder saber em que países cada uma delas é mais conhecida.

Boa leitura !
Os autores

A Mãe d'Água
BRASIL • Edson Gabriel Garcia

Jaraguari era um índio que vivia feliz em sua tribo, às margens do Rio Amazonas. Ele era um jovem e corajoso guerreiro, bonito como o Sol e forte como o jaguar. Jaraguari era invejado pelos outros índios por sua força e sua agilidade nas lutas e nas caçadas. As mulheres da tribo admiravam sua beleza, sua graça e valentia. Os velhos gostavam muito de Jaraguari, pois eram tratados com carinho e respeito por ele.

Assim vivia o jovem índio, alegre e feliz como um animal solto na floresta.

Um dia, o valente e alegre guerreiro se entristeceu. Andava quieto, tristonho e calado. Sua alegria havia sumido. Então, todo dia, no fim da tarde, subia com sua canoa as águas mansas do rio e ficava sozinho e silencioso vagando até altas horas.

Sua mãe, assustada com a mudança do comportamento do filho querido, perguntou-lhe:

– Filho, o que você faz até tarde da noite no rio? Se é pesca, que pesca é essa? Por que você anda tão triste? Onde foi parar sua alegria?

Depois de muitas perguntas sem respostas, Jaraguari saiu do silêncio e da tristeza e respondeu à mãe.

– Mãe... eu a vi! É a mais linda de todas as mulheres! Tão linda como o brilho da Lua em noite escura. Sua pele é clara, seus cabelos são dourados como o Sol e seus olhos são duas belíssimas pedras verdes. Quando ela canta, tudo fica em silêncio para ouvir a beleza e a magia de sua voz...

A mãe, ouvindo tal resposta do filho, atirou-se desesperada ao chão, gritando, chorando.

– Filho, fuja dessa mulher! É Iara, a Mãe d'Água! Ela encanta os guerreiros com sua beleza estonteante, leva-os para o fundo das águas e não fica com nenhum! Fuja dela, filho!

Jaraguari não responde. Só tinha pensamento para o encanto da beleza de Iara.

Uma tarde, ele saiu da aldeia e, como de costume, subiu rio acima com a canoa. A tarde foi-se embora, a noite também e ele não voltou.

No dia seguinte, logo no início da tarde, os índios que pescavam às margens do rio, perto da aldeia, viram a canoa de Jaraguari deslizando mansamente pelas águas. E todos correram para recebê-lo de volta. Mas a canoa continuou flutuando lentamente pelo rio, afastando-se da aldeia. De longe, os índios viram Jaraguari abraçado com uma mulher de corpo bonito, pele clara e cabelos dourados.

– É Jaraguari... abraçado com a Mãe d'Água!

Desde então, Jaraguari nunca mais voltou à aldeia. E a Iara continuou livre, sozinha, cantando e encantando outros homens que a encontram.

É por isso que se diz que é bom se afastar das margens dos rios e beira de lagos no final da tarde e começo da noite. De repente, a Iara, Mãe d'Água, pode aparecer, encantar um homem e levá-lo para as profundezas das águas.

O homem que guardava a luz

VENEZUELA • Jorge Miguel Marinho

Há muito e muito tempo atrás, num certo lugar onde o Sol, a Lua e as estrelas nem apareciam de tão longe que estavam, as pessoas viviam num mundo de trevas e só tinham o fogo de tanto esfregar uma madeira na outra para lançar um pouco de luz no meio de tanta escuridão.

Foi então que um velho muito velho que morava com as duas filhas ficou sabendo que um jovem muito jovem guardava a luz dentro de um baú. Rápido, rapidíssimo, ele chamou a filha mais velha e ordenou:

– Encontre esse dono da luz e traga a claridade para nós!

Ela partiu e se enganou de caminho. Acabou chegando à casa do Veado e gostou dele demais. Brincou bastante com o bicho, alisou os seus pelos, subiu nos galhos da sua cabeça uma porção de vezes. É claro que se esqueceu da luz e voltou para casa sem a claridade. O pai ficou muito decepcionado, tristíssimo mesmo. Chamou a filha mais nova e pediu:

– Só me resta você para encontrar esse tal de dono da luz e trazer a claridade para nós.

A mais nova não errou o caminho. Andou léguas, deu a volta em metade da terra e encontrou o jovem que era muito mais jovem do que ela imaginava. Foi logo se apresentando:

– Vim aqui para ficar só um pouco, conhecer você muito bem e levar a luz bem depressa para o meu velho pai.

Ele continuou a conversa fazendo perguntas e dando respostas:

– Sabe de uma coisa? Eu já esperava você. Quer saber uma outra? Quero que fique aqui comigo para sempre.

E tudo aconteceu como um relâmpago – o dono da luz abriu o baú e a luz iluminou tudo. A garota gostou demais de ver como eram brancos os dentes dele e ele adorou olhar para os olhos dela, que eram muito negros, negríssimos. Daí por diante todos os dias ele fazia a mesma coisa para brincar e se divertir com ela e o mundo dos dois ficou completamente coberto de luz.

O tempo passou e a garota ficou super preocupada porque precisava urgentemente voltar para casa com a luz. Nem precisou pedir para o jovem, que já gostava muitíssimo dela e era sensível até não poder mais:

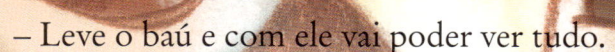

— Leve o baú e com ele vai poder ver tudo.

O pai pendurou o baú numa das estacas que sustentavam a casa e todos os dias soltava a luz que clareava as florestas, os caminhos, os rios. A notícia correu como um raio e não paravam de chegar canoas cheias de gente dos lugares mais distantes da região. Foi uma confusão – estranhos invadindo a casa, ninguém querendo ir embora, muitos quase engolindo a luz. O pai ficou bravo, muito irritado mesmo, e decidiu: arrebentou o baú e atirou a luz para bem longe, lá para as lonjuras mais distantes do céu.

Lá no alto apareceu o Sol e aqui embaixo surgiu a Lua. Mas os dois vieram na mesma hora, juntos, juntinhos e assim não podia ser. É que o Sol e a Lua andavam sempre muito rápidos por causa do tremendo impulso do pai velhíssimo, e tudo ficou tão veloz que toda hora amanhecia e anoitecia.

Foi então que o pai teve uma outra ideia e a filha mais velha ajudou muitíssimo. Pegaram uma tartaruga, jogaram com toda a força na direção do céu e gritaram:

— Esta tartaruga é um presente para você e um dia ela ainda vai chegar aí.

Desde então, o Astro-Rei passou a esperar a tartaruga, que sempre foi muito lenta e deu tempo de a noite chegar. Por isso mesmo, até hoje o Sol anda devagar e fica corado, enrubescido, bem vermelho na linha do horizonte, quando aquele mesmo dono da luz demora um pouco mais para soltar os raios da Lua.

O voo do morcego

MÉXICO • Lidia Izecson de Carvalho

Naquele tempo, quando foram criados o fogo, a luz e as sombras, o morcego se chamava Biguidibela, que na língua dos índios quer dizer "mariposa pelada". Sem penas e sem pelos, ele era o mais horrendo dos animais e, como se isso não bastasse, vivia a tiritar de frio.

Um dia, depois de muitas lágrimas, o morcego resolveu subir até o céu e pedir a Deus que lhe desse umas penas. Como Deus estava muito ocupado e não tinha nenhuma pena para dar àquela pobre criatura, sugeriu que ele voltasse à terra e fizesse o pedido a cada uma das aves.

No caminho de volta, o morcego resolveu se socorrer com os pássaros de maior beleza. Pediu a pena verde do pescoço do papagaio, a azul do rabo da arara, a branca da pomba rainha, a vermelha do colibri e muito mais.

Todas as aves concordaram em ajudar o morcego e, em pouco tempo, ele se tornou o mais belo dos animais. Multicolorido e grandioso, passou a voar de lá para cá abrindo e fechando as asas imponentes. A cada passagem sua, todos ficavam imóveis, quase hipnotizados com tanta beleza. Pela manhã ele era tão lindo quanto o amanhecer. No final da tarde, dava voos rasantes, deixando atrás de si um rastro de luz púrpura que coloria todo o horizonte.

    Orgulhoso com sua formosura, o morcego subia todos os dias nos galhos mais altos da floresta e lá do alto sacudia as asas oferecendo a todos um espetáculo inesquecível.

    O tempo foi passando até que, pouco a pouco, todas as aves começaram a olhá-lo com inveja, com ciúme, e mesmo com ódio.

    Num certo dia, apareceu no céu uma grande revoada de pássaros. Foram falar com Deus, que, com sua imensa paciência, ouviu a todos. Estavam revoltados pois o morcego vivia se exibindo, desprezando e humilhando os outros animais. Queriam suas penas de volta o mais rápido possível.

    Já na terra eles comunicaram ao morcego que Deus estava à sua espera.

    Quando chegou lá em cima, Deus perguntou o que é que ele fazia que tanto ofendia seus companheiros.

Como resposta, o morcego abriu suas maravilhosas asas, deu três voltas ao redor de uma pequena nuvem, rodopiou lentamente e sacudiu todo o seu corpo num balanço ritmado. Estava tão concentrado que nem percebeu o início de uma grande chuva. Foi um dia inteiro chovendo até que a terra se cobriu de penas dos mais variados tipos e tamanhos.

Desde esse dia o morcego só voa ao entardecer, em rápidos giros, sempre procurando suas penas. E não para nunca para que ninguém possa ver seu corpo pelado e sua feiura assustadora.

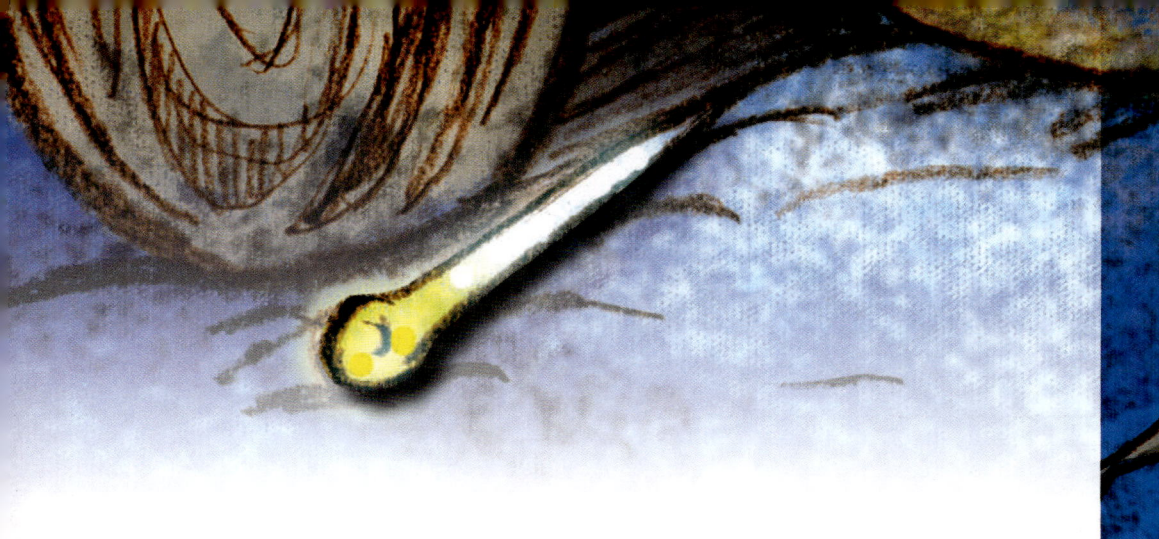

A flauta mágica
AUSTRÁLIA e NOVA ZELÂNDIA • Edson Gabriel Garcia

Bolito era um jovem que vivia andando sem destino em pleno sertão australiano. Tinha esse nome por que gostava muito de bolo assado no calor do brilho das estrelas.

Uma noite, noite bonita, de muitas estrelas brilhando no céu, Bolito parou para descansar próximo a uma pequena floresta. Retirou de sua sacola uma lona e começou a estendê-la no chão para se deitar. Foi então que ele viu perto de si milhares de pequenas criaturas brilhantes voando, zumbindo, conversando, rindo e brilhando intensamente. Quanto mais Bolito tentava abrir os olhos para ver melhor o espetáculo do alegre bailado das criaturinhas, mais zonzo ele ficava. Então Bolito fechou os olhos e a zonzeira desapareceu, e ele pôde ouvir o que duas criaturinhas conversavam.

– Acho que a Flauta Mágica está bem escondida debaixo do tronco dessa enorme árvore.

— Está, sim. Aí ninguém poderá encontrá-la...

— ...e nenhum ser humano poderá fazer uso de seus poderes!

— Ah! Se eles soubessem o poder que essa flauta tem!!

Bolito abriu os olhos, curioso, para ver se descobria quem estava falando. Mas... assim que abriu os olhos, a zonzeira voltou, dessa vez tão forte que ele caiu e não viu mais nada. Acordou apenas no dia seguinte.

— Será que foi um sonho que eu tive? – perguntou-se Bolito. – Será que eu apenas sonhei com essa tal Flauta Mágica?

Bolito lembrou-se de que as criaturinhas falaram do esconderijo da flauta, sob o tronco de uma árvore grande. Ele procurou e não foi difícil achar a árvore e a flauta. Era um belo instrumento, de uns quinze centímetros de comprimento, corpo prateado e bocal de ouro. Depois de admirá-la por uns instantes, guardou a flauta e seguiu caminho.

— Lá pelas tantas, depois de andar por algumas horas, morto de sede, Bolito parou em uma casa, à beira da estrada, e pediu água para a dona. A mulher olhou para ele com desprezo e respondeu:

— Se você quer água, vá trabalhar, vagabundo!

Bolito lembrou-se da flauta, apanhou-a na sacola e se pôs a tocá-la. Uma melodia gostosa e intensa esparramou-se no ar e obrigou a mulher a dançar sem parar, chacoalhando cansativamente seu corpo, até não aguentar mais.

— Por favor, pare com essa música! Eu lhe dou toda água que você quiser!

Foi assim que Bolito descobriu o poder da flauta.

Seguindo seu caminho, Bolito foi abordado por dois assaltantes que pediram a ele tudo que tivesse de valor, inclusive seu velho e cansado cavalo. Bolito abriu a sacola, fingindo atender as ordens dos ladrões, apanhou a Flauta Mágica e começou a tocá-la.

Novamente uma melodia saiu do corpo da flauta e encantou os assaltantes, fazendo-os dançar sem parar, como nunca, malhando seus corpos. Assustados e cansados em pouco tempo, os malfeitores imploraram a Bolito:

– Por favor, jovem, pare com essa música mágica. Prometemos que não vamos levar nada que seja seu.

Bolito parou por um instante e lhes perguntou:

– Prometem também que vão devolver tudo o que roubaram?

– Prometemos.

E assim foi, naquele dia e por todos os demais, Bolito seguindo seu caminho. Com o passar do tempo, ele se tornou uma das pessoas mais ricas e felizes do mundo, sempre usando a Flauta Mágica e seus poderes para fazer o bem aos outros.

Um dia, Bolito, já velho e cansado, pensando no dia de sua morte, escondeu a Flauta Mágica no mesmo lugar onde a havia encontrado. Certamente outra pessoa poderia encontrar a flauta e usá-la para sua felicidade e para a felicidade dos outros.

A terra que juntou o Sol e a Lua

CANADÁ e ALASKA • Jorge Miguel Marinho

Os dias sempre foram muito frios e cobertos de escuridão naquele lugar. Tinha temporada em que os ventos eram tão gelados e as nuvens tão negras que um nativo mal conseguia reconhecer o outro e as famílias ficavam recolhidas nas suas tendas sem acreditar no amanhã.

Num certo dia mais escuro e friorento ainda, os nativos acordaram decididos e confiantes: daquele jeito não podiam mais viver e precisavam urgentemente descobrir um Sol. No meio de tanta penumbra, o que corria de boca em boca era quem teria bastante luz para aquecer as noites e clarear as manhãs. "Eu!", gritaram os mais velhos, depois os mais novos, por fim os guerreiros, os caçadores e os animais, como se todos fossem uma única voz. Mas quando o Corvo, o Falcão e o Coiote se

candidataram, todos os nativos da aldeia silenciaram diante de tanta força e aceitaram a competição.
Como só precisavam de um Sol, decidiram que o melhor dos três seria o vencedor.

Primeiro foi o Corvo que teve um dia para ser o astro. Respirou fundo, acendeu o coração e voou. Brilhou o mais que pôde e chegou a lançar calor nas ilhas mais congeladas do Norte. Mas o brilho do Corvo mal brilhava e a luz que se derramou era triste, apagada, quase sem cor. Na volta, bastou o silêncio dos nativos para ele entender que tinha perdido o seu trono de Sol.

No outro dia, chegou a vez do Falcão e a decepção se repetiu no céu e na terra com os raios frágeis da ave e o silêncio mais frio ainda do povo. Diante do fracasso, o Coiote cheio de vaidade resolveu lançar todo o seu fogo no ar e só descer das alturas coroado como o astro Sol. Conseguiu um dia brilhante que foi ficando ofuscante e terminou incendiando os lagos, as florestas, as geleiras. Dessa vez, não houve silêncio porque os olhos dos nativos soltavam faíscas de ódio e chegaram a queimar a calda do Coiote, que sumiu uivando de dor.

O tempo passou e todos já aceitavam o seu destino de trevas. Foi então que duas crianças irmãs chegaram de um país mais distante do que as estrelas e logo foram avisando: "Viemos de longe para brincar de Sol". O mais velho convenceu os nativos com uma aurora que trazia no olhar e o mais novo com um pedaço de Lua que escapava por trás dos seus cabelos muito negros com umas luzes quase azuis.

O Corvo, o Falcão e o Coiote duvidaram com fogo nos olhos, mas só até o dia seguinte, que amanheceu com o irmão mais velho lançando no ar os calores mais agradáveis e os raios mais brilhantes de Sol. Foi eleito na hora e só no final do dia a aldeia se lembrou do irmão mais novo, que trazia um outro clarão:

"Meu nome é Lua e estou aqui para descansar o Sol com uma luz diferente, que é o brilho da noite que eu derramo do céu."

A moça da neve
JAPÃO • Lidia Izecson de Carvalho

Em uma pequena cidade do Japão morava um rapaz tristonho que ainda não havia encontrado o seu amor. Numa noite muito fria, durante uma tempestade de neve, ele escutou um barulho na porta. Correu até lá e viu uma bela moça desmaiada. Com muita pena ele levou a moça para dentro de casa e ela rapidamente voltou a si. O rapaz percebeu então toda a beleza que havia naquele rosto muito branco, parecendo feito de neve.

Não precisou muito tempo para que eles se apaixonassem perdidamente.

Os dois jovens logo resolveram se casar e viveram muito felizes durante todo aquele inverno. No entanto, quando a primavera chegou e as neves começaram a derreter, a moça foi ficando cada vez mais fraca. Além disso, ela transpirava muito e pequenas gotículas geladas ficavam pousadas por todo o seu corpo. O mais estranho é que quando ela ficava parada algum tempo no mesmo lugar uma pequena poça se formava ao seu redor, como se ela também estivesse derretendo.

Apesar disso, eles viviam muito bem e o marido era muito carinhoso com ela. Todas as noites eles jogavam cartas, conversavam muito e davam boas risadas. Depois ele a colocava na enorme geladeira que havia comprado, dava um beijo em sua testa e ia para a cama dormir.

Logo de manhã ele abria a geladeira e presenteava o lindo sorriso dela com coloridas flores do campo.

O casal viveu assim por um bom tempo até que resolveram dar uma grande festa para comemorar a nova colheita. Armaram uma mesa enorme com frutas e doces deliciosos; chamaram todos os amigos e a melhor orquestra da cidade. Comeram, beberam e dançaram por dois dias seguidos até que o cansaço venceu. Estavam tão exaustos que adormeceram ali mesmo, na maciez do tapete feito com plumas de ganso.

Muitas horas depois, quando o rapaz acordou, se deu conta de que no meio de toda aquela alegria havia esquecido de uma coisa muito importante. Correu para o lado da esposa e encontrou apenas o seu quimono de seda, estendido sobre uma poça de água.

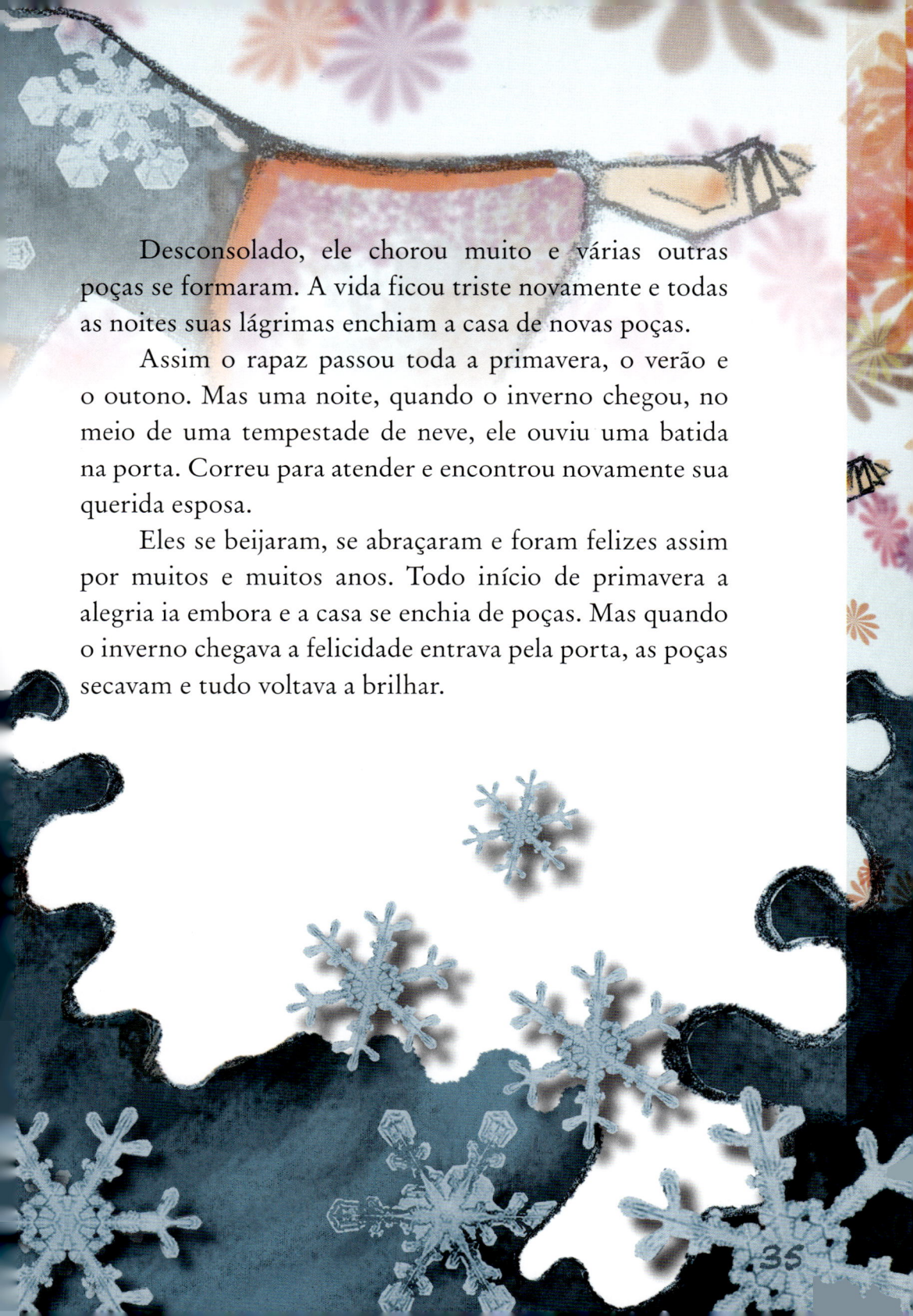

Desconsolado, ele chorou muito e várias outras poças se formaram. A vida ficou triste novamente e todas as noites suas lágrimas enchiam a casa de novas poças.

Assim o rapaz passou toda a primavera, o verão e o outono. Mas uma noite, quando o inverno chegou, no meio de uma tempestade de neve, ele ouviu uma batida na porta. Correu para atender e encontrou novamente sua querida esposa.

Eles se beijaram, se abraçaram e foram felizes assim por muitos e muitos anos. Todo início de primavera a alegria ia embora e a casa se enchia de poças. Mas quando o inverno chegava a felicidade entrava pela porta, as poças secavam e tudo voltava a brilhar.

O bordado encantado

CHINA • Edson Gabriel Garcia

Uma viúva sustentava sozinha seus três filhos com os bordados que fazia e vendia na feira.

Um dia, ao vender suas obras, ela se encantou com um quadro em que havia uma bela casa, um jardim e um lago. Com o seu dinheiro ela comprou o quadro, em vez de roupas e alimentos para a família. Em casa, diante da reprovação dos filhos mais velhos, ela disse:

– Ainda vamos morar em um lugar assim.

– Só se for em sonho... – disseram.

O filho caçula, vendo a admiração da mãe pelo quadro, propôs:

– A partir de agora nós sustentaremos a casa e a mãe ficará livre para fazer um bordado com a paisagem do quadro.

E assim foi. Mas os irmãos mais velhos pouco trabalhavam, enquanto o caçula se arrebentava e a mãe fazia seu bordado de sonho. Foram três anos nesse ritmo, ao fim dos quais o bordado, feito de fios de seda de ouro e prata, lágrimas e sangue, ficou maravilhoso.

A viúva levou o bordado para melhor apreciá-lo à luz do sol. Deliciava-se com sua beleza quando um vento repentino o arrancou de suas mãos e o levou para longe.

– Encontrem-no, meus filhos. Esse bordado é minha própria vida!

E assim os filhos fizeram. Primeiro o mais velho seguiu o vento até chegar à caverna onde ele havia entrado. Na boca da caverna, uma velha lhe disse:

– Para ter de volta o bordado, você deverá atravessar uma montanha de fogo e um mar de gelo. Depois encontrará a bela fada que o roubou. Se desistir agora, levará esta caixa cheia de ouro...

Ele pensou por um instante, esqueceu-se da mãe, apanhou a caixa e sumiu.

O filho do meio, cansado de esperar o irmão, tomou o mesmo rumo do vento até chegar à caverna. A velha lhe fez a mesma proposta feita ao outro irmão.

Ele também pensou, esqueceu-se da família, apanhou a caixa e sumiu.

O filho caçula, vendo o sofrimento da mãe, tomou o rumo do vento e dos irmãos, chegando ao mesmo lugar. A velha lhe fez a mesma proposta. Num instante, respondeu:

— Pela felicidade de minha mãe eu enfrento qualquer coisa.

A velha lhe indicou o caminho e ele chegou ao local onde as fadas admiravam a obra de sua mãe. A mais bela das fadas copiava o desenho do bordado.

— Assim que terminar a cópia, devolveremos o bordado.

Dedicada, a fada copista trabalhou até acabar a cópia. Devolveu o original ao filho caçula, mas antes desenhou nele sua própria imagem.

Com o bordado nas mãos, o moço voltou para casa, gritando de alegria, chamando a mãe. Ela se levantou da cama, ainda fraca, apanhou o bordado e o desenrolou, à luz do dia. Nesse instante, um vento suave soprou e foi esparramando pelo lugar o que havia no desenho, transformando em realidade a bela casa colorida, o jardim repleto de folhagens e flores, o lago e os peixes. Também virou realidade a própria imagem que a fada desenhara, fazendo surgir uma bela moça.

— Eu sou uma fada, mas agora quero viver com vocês neste lugar maravilhoso. – disse ela.

— Seja bem-vinda!

E eles viveram felizes para sempre: a mãe e o filho caçula, agora casado com a fada.

Os filhos mais velhos? Depois de gastarem todo o ouro que ganharam, viviam mendigando aqui e ali, procurando a casa da mãe e do irmão, onde tinham vivido antes, onde foram felizes e não souberam manter a felicidade.

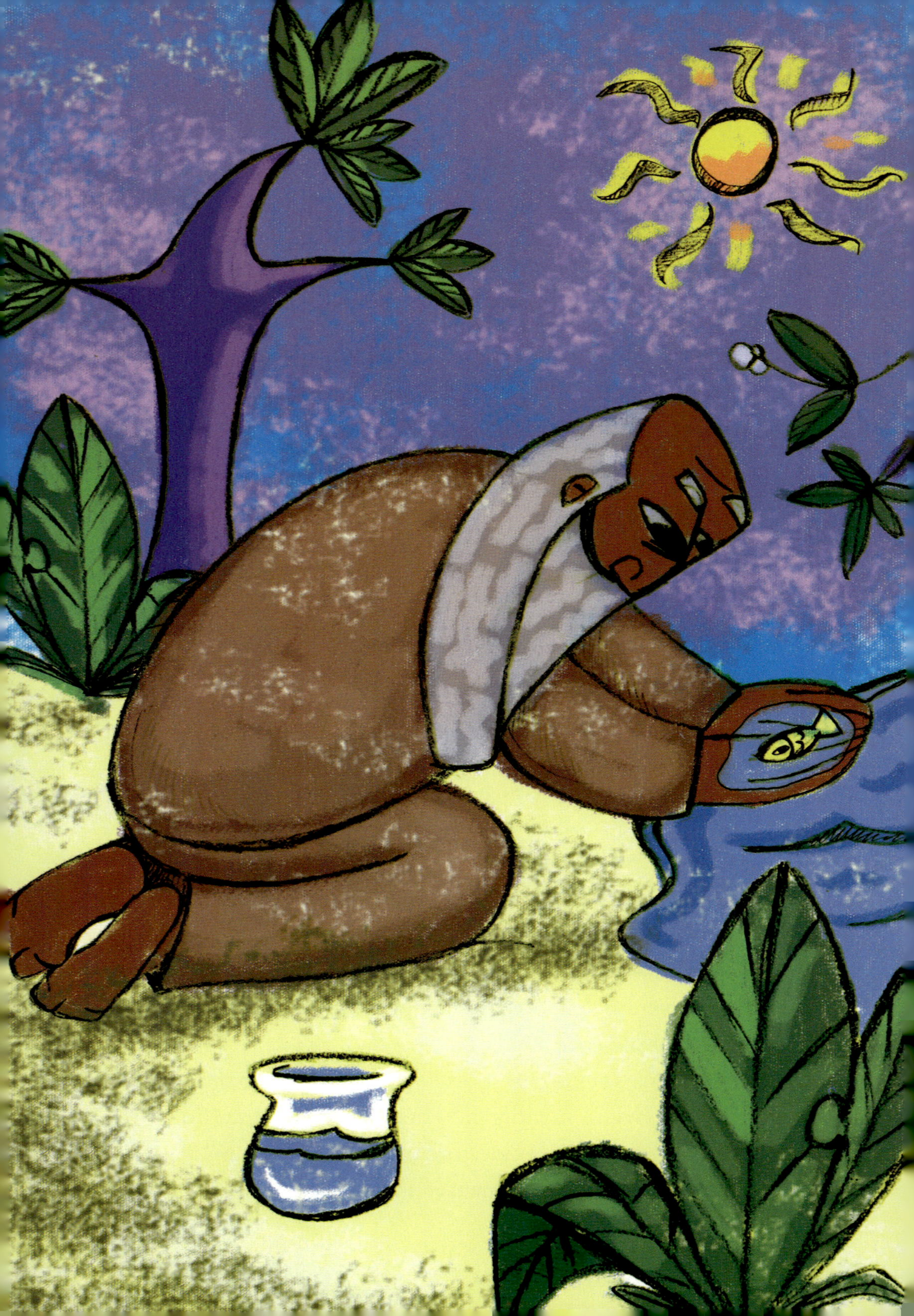

O peixinho minúsculo e o enorme dilúvio

ÍNDIA • Jorge Miguel Marinho

Numa manhã de Sol ofuscante, um sábio chamado Manu lavava o rosto sentado na beirada de um rio sagrado. Recolhia água com as mãos juntas, molhava a fronte, fazia orações. De repente, trouxe preso entre os dedos um peixinho muito pequeno, muito agitado, muito nervoso e coberto de escamas douradas. O sábio Manu pensou muito intrigado que espécie de peixe era aquele bichinho esquisito.

— Não posso dizer quem sou, sábio Manu, mas não me jogue de volta no rio que os peixes grandes vão me engolir com uma bocada só.

O sábio ficou surpreso com as palavras do peixinho e concluiu que ele devia ser um mensageiro dos deuses. Retornou para casa, encheu um jarro com água cristalina e mergulhou carinhosamente o minúsculo peixinho ali. Por muito tempo, ele nadou feliz e em total segurança, porém de uma hora para outra começou a crescer. O sábio Manu ficou bastante impressionado e achou melhor achar que tudo aquilo era normal.

Não houve jeito: numa outra manhã, ele acordou com uns barulhos estranhos e constatou que o peixinho, agora um peixe grande, tinha crescido tanto que não cabia mais no jarro. Rapidamente quebrou o jarro, correu até a floresta e jogou o peixe num charco. Nem chegou a voltar para casa e percebeu que o charco também foi ficando pequeno demais.

Primeiro transportou o peixe para um lago, depois o arrastou para um rio e por fim, quase sem fôlego, conseguiu atirá-lo no mar. O animal com um tamanho gigantesco só não tinha mudado numa coisa – suas escamas continuavam mais brilhantes que o Sol. Manu, não podendo mais ajudar o peixe, lamentou:

– Afinal, quem é você?

E o peixe, tão absurdamente grande que agitava as marés, respondeu:

– Sou Vishnu, o deus que cuida do universo e vim aqui na forma de peixe porque a Terra vai sofrer um dilúvio enorme e, se você não ouvir as minhas instruções, todas as formas de vida vão se acabar.

O sábio Manu escutou tudo e aceitou todas as orientações – construiu um barco bem grande, reuniu dentro dele uma casa de cada espécie animal, trouxe sementes dos sete tipos de arroz para a embarcação. Quando o dilúvio chegou e tornou quase toda a Terra num terrível oceano bravio, Vishnu transformou a serpente das águas em corda, amarrou e foi conduzindo o barco até uma montanha bem alta, onde o sábio deu início a uma nova vida com toda a tripulação.

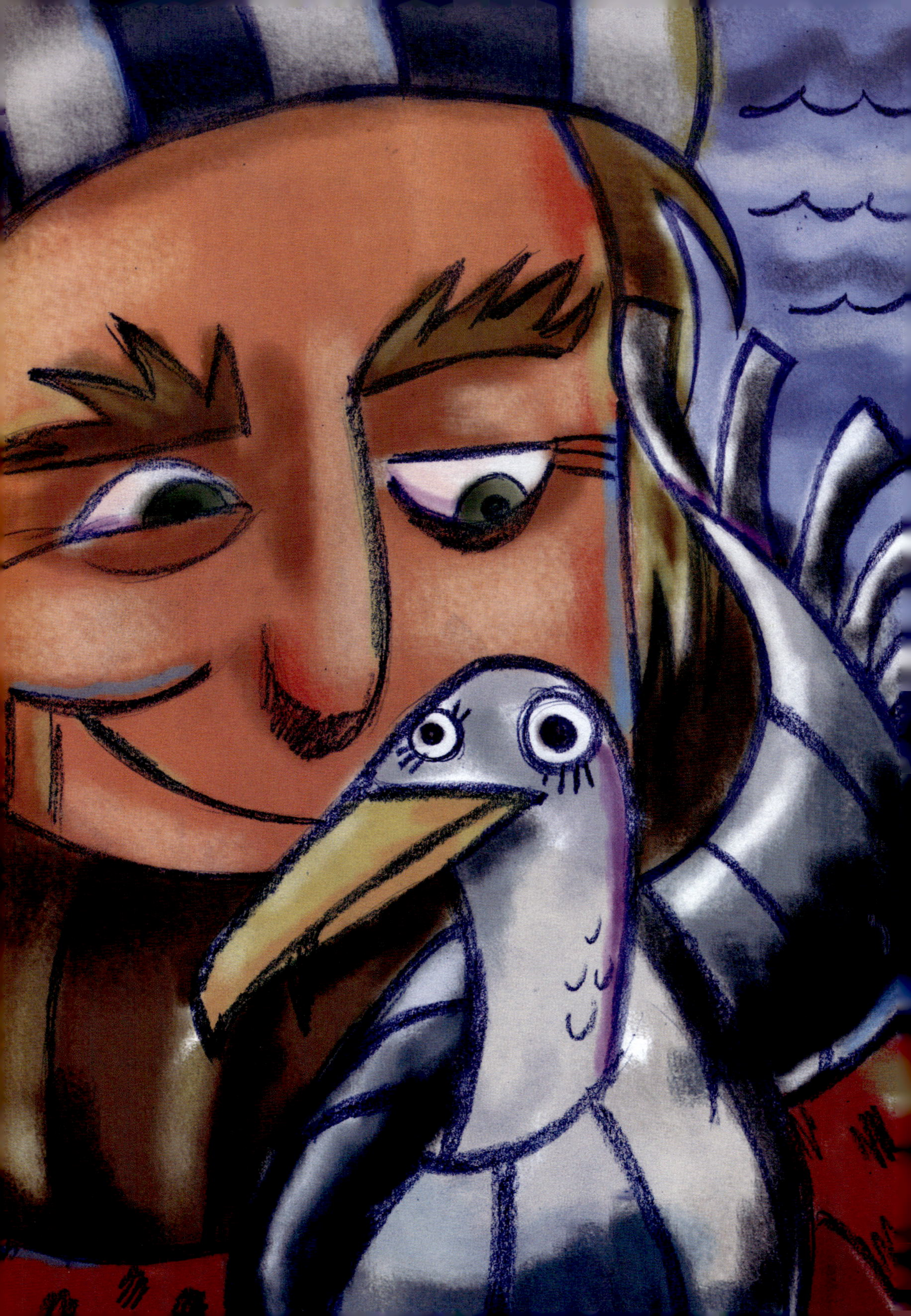

O que vem fácil, vai fácil

HOLANDA e BÉLGICA • Lidia Izecson de Carvalho

Ninguém entendeu muito bem como aquele velho marinheiro, depois de ter o seu barco engolido por uma enorme onda, apareceu na praia carregado por uma baleia azul. Ele estava triste por ter perdido a embarcação mas, ao ver uma gaivota tremendo de frio, resolveu colocá-la com todo o carinho por dentro de sua blusa de lã.

Minutos depois, passou por ali um lavrador e vendo aquele pobre homem todo encharcado lhe disse:

– Vá até a minha casa. Lá você poderá se secar ao pé do fogo e minha mulher poderá preparar alguma coisa para você matar a fome.

Muito agradecido, o marinheiro foi imediatamente para lá, porém, ao chegar, viu que a esposa do lavrador estava recebendo a visita do prefeito da cidade. Contrariada, ela obedeceu o marido e deixou o homem entrar. No entanto, foi logo dizendo:

— Comida eu não tenho, mas pode ir secar a roupa lá em cima no sótão.

O marinheiro subiu e, por uma rachadura no chão, viu a dona da casa colocar sobre a mesa um belo assado e duas garrafas de vinho. Quando já estavam quase se sentando para comer, ouviram o barulho do lavrador chegando.

— É ele, disse a mulher. Um prefeito merece o que há de bom e de melhor, mas meu marido não.

Afirmou isso e imediatamente escondeu o assado no armário, os vinhos na gaveta e o prefeito no baú.

O lavrador subiu para encontrar o marinheiro e nem percebeu que ele beliscou a gaivota. Apenas ouviu um grosso gemido e, curioso, perguntou:

— De onde veio esse barulho?

— É minha gaivota de estimação, ela adivinha as coisas e está nos dizendo que encontraremos um assado muito saboroso no armário.

— Que maluquice!, exclamou o dono da casa. Faz muito tempo que não se come coisa boa por aqui!

O marinheiro beliscou novamente a gaivota, que gemeu mais alto ainda.

— O que ela está dizendo agora?, perguntou o lavrador.

— Que há duas garrafas de vinho na gaveta, respondeu o pobre homem.

Sem acreditar muito, o marido abriu a gaveta e encontrou o vinho. Em seguida foi até o armário e se deliciou com o assado.

A mulher, sem saber o que fazer, exclamava:

– Como é possível?! Como é possível?!

Acreditando que a gaivota era mágica e teria colocado todas aquelas coisas na casa, o lavrador perguntou ao velho marinheiro:

– Quanto você quer por essa ave?

O marinheiro pensou, pensou e disse:

– Uma charrete com o cavalo e aquele baú.

O negócio foi fechado e o marinheiro foi embora. Correu o mais que pôde na charrete e ao chegar perto de uma ponte disse ao cavalo:

– Pensando bem, esse baú não serve para nada. Acho que vou jogá-lo no mar.

Ouvindo essas palavras, o prefeito começou a gritar e a bater forte na madeira.

– Não faça isso! Tire-me daqui e eu lhe darei cem moedas de ouro!

Mais que depressa, o marinheiro libertou o prefeito, recebeu as moedas e resolveu comprar um barco novo. Antes, porém, decidiu comemorar sua boa sorte bebendo uns copos de vinho. Tomou um, dois, três, cinco, dez e alguns dias depois não tinha mais um centavo.

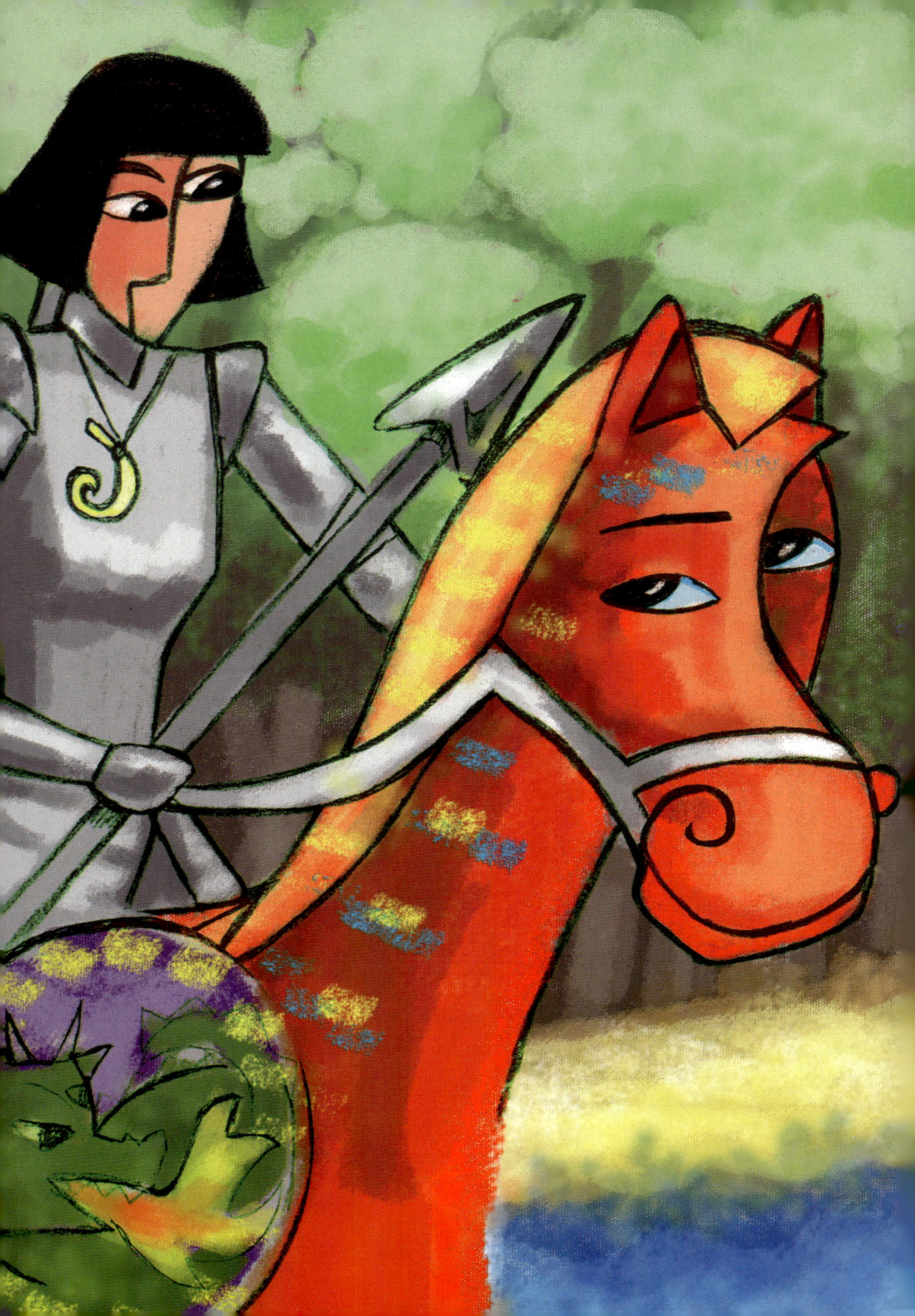

O Príncipe Dragão

ROMÊNIA e países da EUROPA ORIENTAL • Edson Gabriel Garcia

Era uma vez um imperador que vivia conquistando outros reinos. E como recompensa exigia que o rei vencido mandasse a ele um de seus filhos para servi-lo como escravo durante dez anos.

O rei do último reino conquistado só tinha filhas e não sabia como atender a ordem do conquistador. As filhas mais velhas tentaram, vestidas como guerreiros, mas acabaram desistindo. A filha mais nova, então, vestiu a armadura e escolheu o experiente cavalo Raio de Sol, companheiro de seu pai em tantas batalhas, e se dispôs a ir ao encontro do imperador vitorioso.

— Você se julga mais corajosa que suas irmãs, filha?

— Não, pai. Mas por você sou capaz de qualquer coisa.

E foi, montada em Raio de Sol, desviando-se das armadilhas, em direção ao reino do imperador. No caminho encontrou e pendurou no pescoço uma mecha de cabelo dourado.

— Esse cabelo pertence à princesa Iliane, a moça mais linda do mundo – informou-lhe Raio de Sol.

No palácio do imperador, ela se apresentou com o nome de Príncipe Dragão. Em pouco tempo, o imperador a elegeu como seu pajem favorito. Um dia, o imperador lhe perguntou de quem era o cabelo dourado preso ao pescoço.

— É de Iliane, a princesa mais linda do mundo.

— Ora, a moça mais bela do mundo deve ser minha esposa. Traga-a imediatamente para mim ou será morto!

O Príncipe Dragão se aconselhou com Raio de Sol.

— Peça ao imperador um navio cheio de tesouros e vá até a ilha onde Iliane é prisioneira de um bruxo. Apresente-se como comerciante e a convide para ver suas mercadorias.

Assim o Príncipe Dragão fez, e quando a princesa subiu a bordo do navio ele levantou âncoras e fugiu com ela. O bruxo, tão logo percebeu o rapto da moça, partiu em sua perseguição. A cada passo, o bruxo chegava mais perto do navio fugitivo. Quando o navio aportou, Dragão e a princesa desembarcaram rapidamente e montados em Raio de Sol rumaram ao palácio. O bruxo já estava quase os alcançando.

— Pegue uma pedra atrás de minha orelha e jogue-a no chão.

Dragão fez o que o cavalo mandou e imediatamente a pedra se transformou em uma enorme montanha. Mas... o bruxo a ultrapassou com um passe de mágica.

— Pegue alguns pelos meus e os jogue no chão.

Dragão assim fez e viu surgir uma imensa

floresta entre eles e o bruxo. Mas o bruxo atravessou a floresta num segundo e continuou a perseguição.

–Tire o anel da princesa e o jogue no chão.

Assim foi feito e o anel caiu sobre o bruxo, prendendo-o em uma torre oca e sem fim.

Livres da perseguição, eles chegaram ao palácio.

–Agora que você está aqui, Iliane, vamos nos casar! – disse o imperador cheio de felicidade.

–Ainda não. Só posso me casar com o homem que me trouxer um frasco com água santa que está guardado por um eremita em uma pequena igreja às margens do Rio Jordão.

Sem perder tempo, o imperador ordenou ao Príncipe que fosse buscar o frasco. Dragão, montado em Raio de Sol, foi imediatamente buscar o frasco. Roubaram o frasco, mas na porta da igreja o eremita praguejou:

"Se você for homem, vai virar mulher; se for mulher, vai virar homem".

Chegando ao palácio, já transformado em homem, Dragão entregou o frasco ao imperador.

–Agora podemos nos casar, Iliane. – disse o imperador, entregando-lhe o frasco.

–Não. Só posso me casar com quem trouxe o frasco, e quem fez isso foi o Príncipe Dragão. É com ele que vou me casar.

O imperador ficou tão raivoso que acabou sufocado pela própria raiva.

Príncipe Dragão assumiu o comando do reino do imperador, casou-se com a bela Iliane e, claro, foram felizes para sempre.

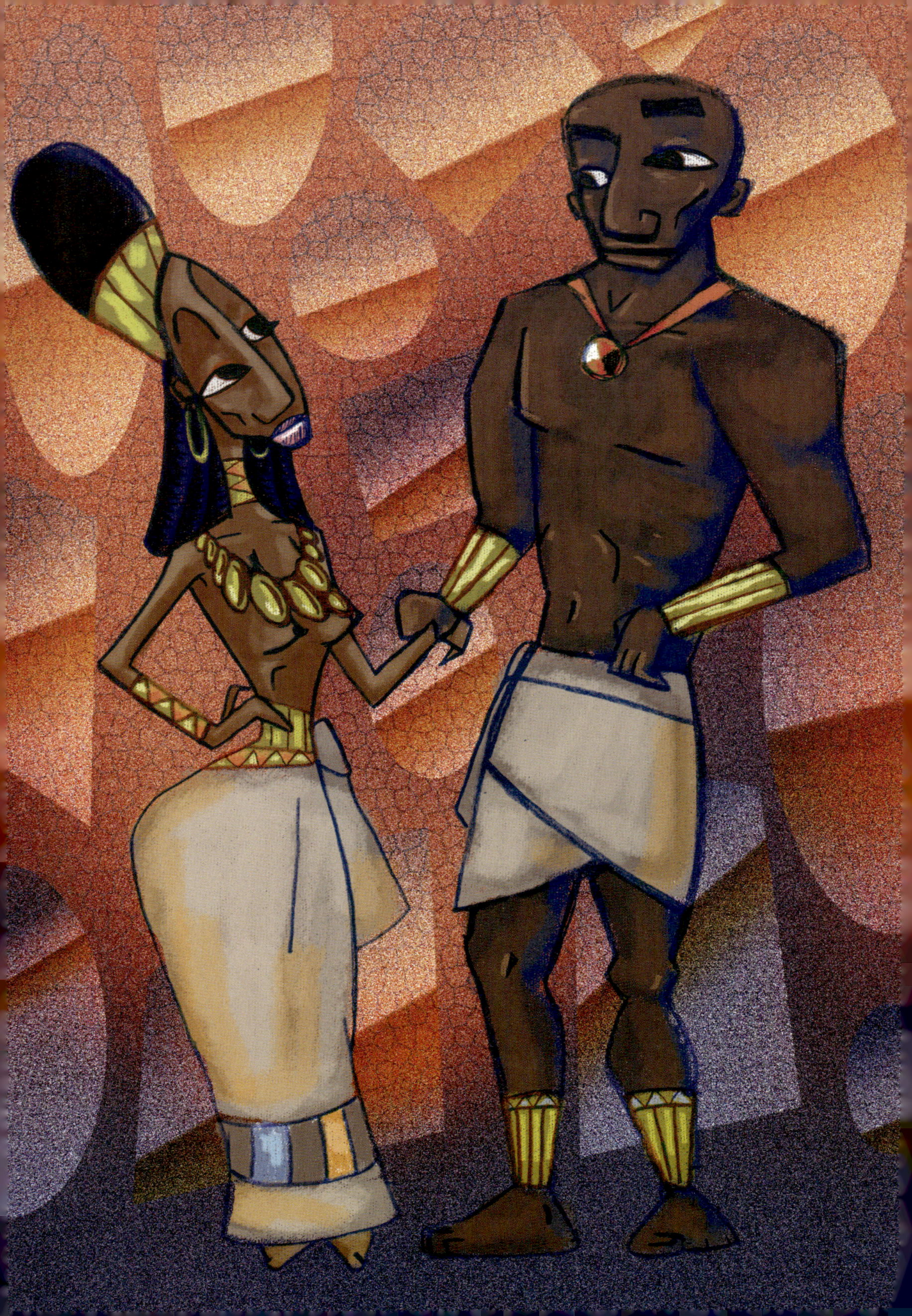

Os gêmeos e o talismã

CONGO e países da ÁFRICA • Jorge Miguel Marinho

Bem antigamente, quando a África era muito mais longe daqui, dois gêmeos nasceram e um se chamou Luemba e o outro Muvungu. Logo que eles ficaram adultos, cada um recebeu um talismã. Foi então que Muvungu resolveu se apresentar como pretendente para se casar com a filha mais linda do chefe Nzambi. Muitos já haviam se apresentado, mas ela não tinha aceitado nenhum.

Muvungu pegou o talismã, apertou no peito e pediu ajuda. Depois viajou muitos dias até chegar à aldeia. Mas bastou a filha de Nzambi pôr os olhos no viajante e decidiu:

"Este é o homem que eu amarei sempre e, se não me casar com ele, quero morrer".

Casaram-se em poucos dias e foram morar numa cabana muito confortável. Dormiram e se amaram. No outro dia, quando a manhã já estava clara, Muvungu percebeu que todas as paredes da cabana estavam revestidas de espelhos e todos os espelhos estavam propositadamente cobertos com panos. O marido pediu que a esposa retirasse os panos e pôde ver-se no passado, em imagens que mostravam o dia da sua partida e todas as aldeias que tinha atravessado até chegar ali.

Só um espelho a mulher não quis descobrir. Muvungu insistiu e ela avisou, puxando o pano:

— Então, meu marido, você vai conhecer agora uma aldeia de onde nenhum viajante jamais retornou!

E ele completou:

— Pois eu preciso chegar até lá.

A mulher implorou de joelhos que ele não partisse, porém nada adiantou. Muvungu era teimoso e não gostava de proibições. Quando ele chegou à terrível aldeia, pediu a uma bruxa uma brasa para acender o seu cachimbo e ela imediatamente, sem dizer uma palavra, o matou.

Muito longe dali, Luemba estava preocupado com a ausência de Muvungu e resolveu sair procurando o irmão. Chegou à aldeia de Nzambi e todos confundiram Luemba com Muvungu. Ele explicou que não era o seu irmão, mas isso também não adiantou. Então ele pegou o seu talismã, apertou no peito e pediu ajuda.

Era manhã. Luemba foi à cabana nupcial, descobriu os espelhos e viu a terrível aldeia de onde nenhum viajante não retornaria jamais. Decidiu:

— Preciso ir até lá.

E a mulher, imaginando que ele fosse Muvungu, se apavorou:

— De novo não!

Luemba partiu na mesma hora. Encontrou a bruxa, pediu uma brasa e, quando percebeu que ela se preparava para matá-lo, deu um golpe nela e ela morreu. Depois ele cavou a terra, encontrou os ossos do irmão, tocou o talismã no corpo dele e Muvungu voltou a viver. Fez a mesma coisa com todos os viajantes mortos pela bruxa e todos foram ressuscitando ao toque do talismã. Por fim, voltaram os dois juntos para a aldeia de Nzambi e puderam então provar que eram irmãos.

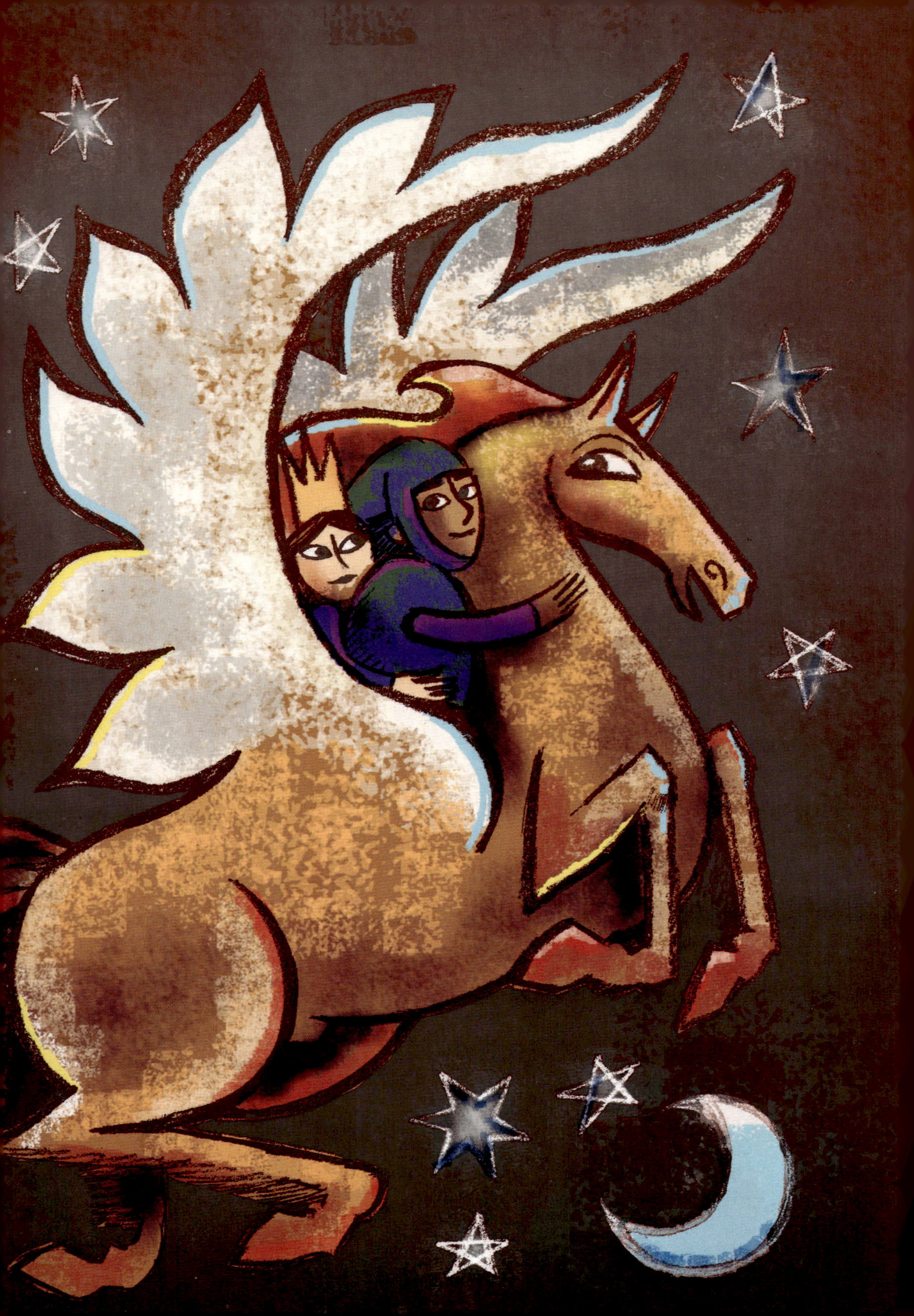

O caldeirão borbulhante

RÚSSIA • Lidia Izecson de Carvalho

Na Rússia gelada e distante havia um poderoso czar, nome que os russos davam aos reis, que era muito cruel com o povo. Esse czar tinha um criado jovem e valente chamado Ivan, a quem ele pedia tudo. Já havia pedido coisas dificílimas como capturar leões, atravessar rios profundos, achar pedras preciosas e até aprisionar em uma gaiola o pássaro mais lindo do mundo: o Pássaro de Fogo.

Todos sabiam que era dificílimo capturar esse pássaro e, além de tudo, ele trazia má sorte para quem o aprisionava. O que ninguém sabia é que Ivan possuía um cavalo mágico e graças à ajuda dele conseguia realizar todas essas difíceis missões.

Quando Ivan trouxe até o czar o maravilhoso pássaro de fogo, ele nem pôde acreditar. Ficou tão orgulhoso do criado que resolveu pedir que ele realizasse seu mais importante e secreto desejo. Ele deveria ir até o outro lado do mundo e trazer para o castelo a linda princesa Vasilisa. Se conseguisse, seria um homem livre e rico, mas se fracassasse, teria sua cabeça cortada.

Sabendo que era praticamente impossível conseguir encontrar a princesa, Ivan começou a chorar desesperadamente.

— Eu bem que avisei, isso já é a maldição do pássaro de fogo!, disse o cavalo. Ouvindo isso, o pobre rapaz passou a soluçar mais alto ainda. Com pena dele, o cavalo relinchou de uma forma como jamais havia feito e imediatamente abriu duas imponentes asas. Ivan subiu no animal e os dois saíram voando por cima das nuvens.

Depois de sobrevoar mais de 15 reinos sob chuvas, ventos e tempestades de neve, eles avistaram a bela princesa Vasilisa em uma praia deserta. Ao vê-la, imediatamente desceram e armaram a mais linda mesa com sucos, frutas e doces cobertos de caramelo.

A princesa então se aproximou e Ivan a convidou para participar do banquete. Ela comeu e bebeu com gestos delicados até que, satisfeita e já cansada, caiu em um profundo sono. O rapaz aproveitou a oportunidade e partiu de volta levando Vasilisa adormecida na garupa do cavalo.

O rei ficou tão feliz ao ver a bela princesa que começou a dar estalados beijos em seu criado, prometendo-lhe uma imensa fortuna. A alegria dele porém durou pouco, pois quando a princesa acordou e soube que deveria se casar começou a chorar, e chorou tanto que suas lágrimas molharam todo o chão do castelo.

Desesperada, disse ao czar que ele era malvado, velho e feio e que ela já estava apaixonada pelo jovem Ivan. Ao ouvir isso, ele imediatamente ordenou a seus criados que jogassem o valente rapaz em um grande caldeirão de água e óleo fervente, onde ele deveria morrer de forma lenta e sofrida.

Ivan se lembrou da maldição do pássaro de fogo e pensou que seu fim havia chegado. Correu então para se despedir do cavalo e este relinchou mais uma vez de forma estranha, falando várias palavras mágicas.

Ao encontrar o rapaz junto de seu amigo fiel, os criados imediatamente levaram Ivan e o enfiaram no caldeirão borbulhante. Depois de uma hora fervendo, para espanto de todos, Ivan saiu do caldeirão muito animado e ainda mais forte e mais bonito do que nunca.

Pensando que o caldeirão era mágico e que poderia se tornar jovem e bonito, o czar imediatamente mergulhou naquela água, morrendo cozido.

Ivan se casou com Vasilisa e viveu feliz ao lado dela até o fim de sua vida.

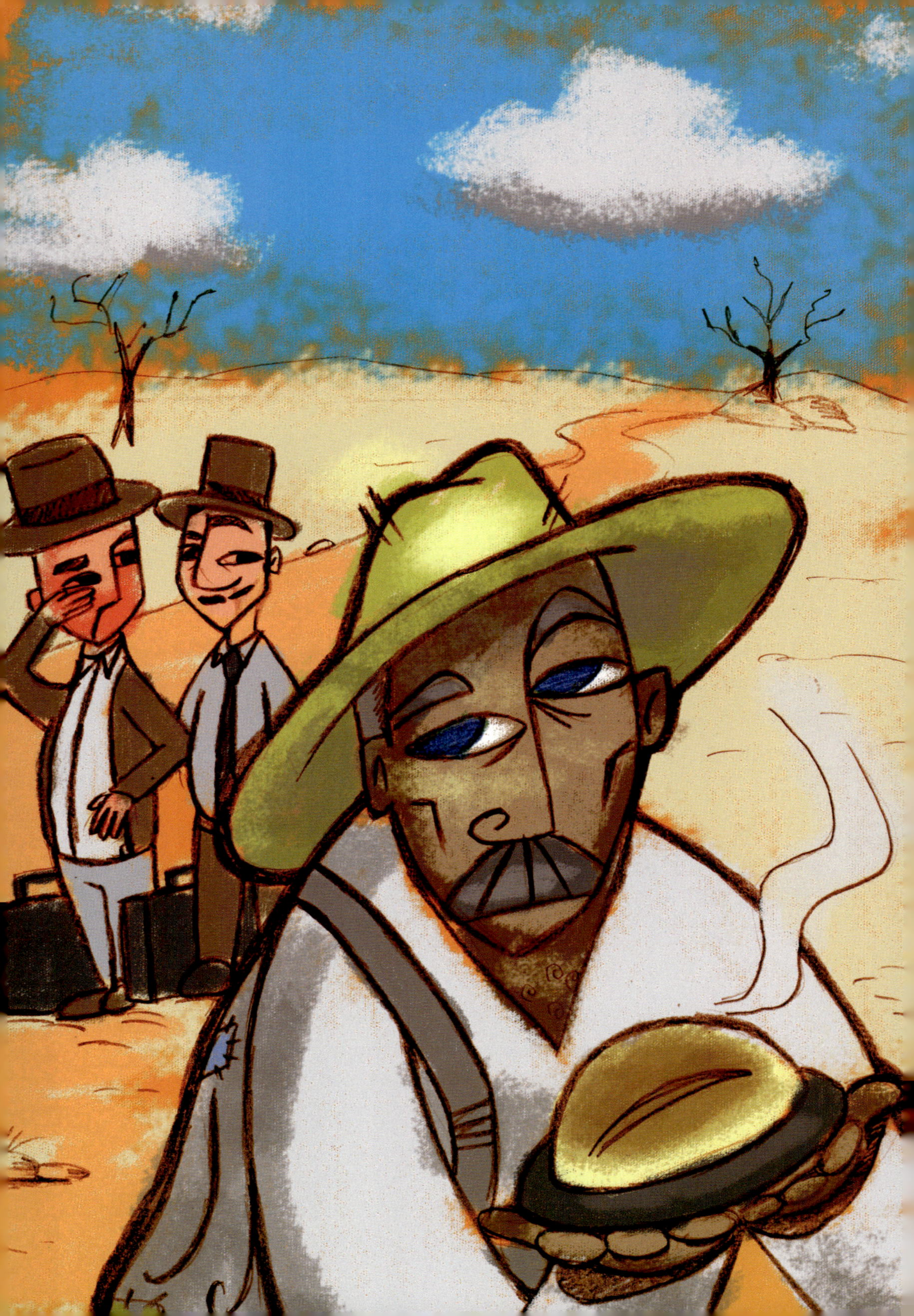

Um pão e três sonhos
ESPANHA e PORTUGAL • Jorge Miguel Marinho

É uma história de esperteza e aconteceu com dois homens da cidade e um homem do campo.

Os três decidiram fazer uma peregrinação a um lugar sagrado e combinaram dividir a comida durante toda a viagem. No primeiro dia, comeram as frutas, no segundo, os biscoitos, no terceiro, os cereais, e assim foram viajando e comendo sem confusão. Porém, num belo dia, constataram que tinham comido tudo e só restava um pouco de farinha para fazer um único pão.

O camponês, muito hábil e prestativo, pôs a mão na massa e foi amassando o pão. Quando aquele cheiro delicioso começou a sair do forno, os dois homens da cidade se puseram a pensar com a cabeça e com o estômago e ficaram com uma fome de matar.

– É muita boca pra pouco pão, disse o primeiro.

– É..., concordou o segundo.

– Não vai dar nem uma mordida pra cada um, declarou o primeiro.

– É mesmo, concordou o segundo.

Num instante, combinaram com a barriga roncando que o melhor mesmo era aplicar um golpe no camponês e bolaram rapidamente um plano.

– Nós dois estamos achando que tem gente demais pra comer um pãozinho tão minúsculo, determinou o segundo.

– É..., apoiou o primeiro.

– Então é, arrematou o camponês.

– Por isso, nós resolvemos deixar o pão inteirinho até amanhã e quem tiver sonhado o sonho mais fantástico vai poder comer essa delícia sozinho, propôs o primeiro.

– É isso mesmo, reforçou o segundo.

– Então é, oras, reafirmou o camponês.

O camponês era hábil e prestativo, mas não dormia com os olhos dos outros. Bastou os dois ferrarem no sono, ele se levantou, comeu o pão e voltou a dormir bem quietinho. No outro dia, acordou e ficou ouvindo a esperteza dos dois.

– Vou contar que criei asas muito brancas e fui voando pro céu.

– Pois eu vou dizer que escorreguei numa lama preta e caí direto no inferno.

O camponês, fingindo cara de sono e olhar espantado, perguntou:

– O que vocês dois estão fazendo aqui?

– O quê?, berraram os dois.

– Oras, eu sonhei que um de vocês criou asas e voou pro céu, e o outro escorregou numa lama escura e caiu direto no inferno. Chorei bastante, rezei mais ainda e, como vocês dois não iam voltar nunca mais, comi o pão com uma tristeza que nem dá pra contar.

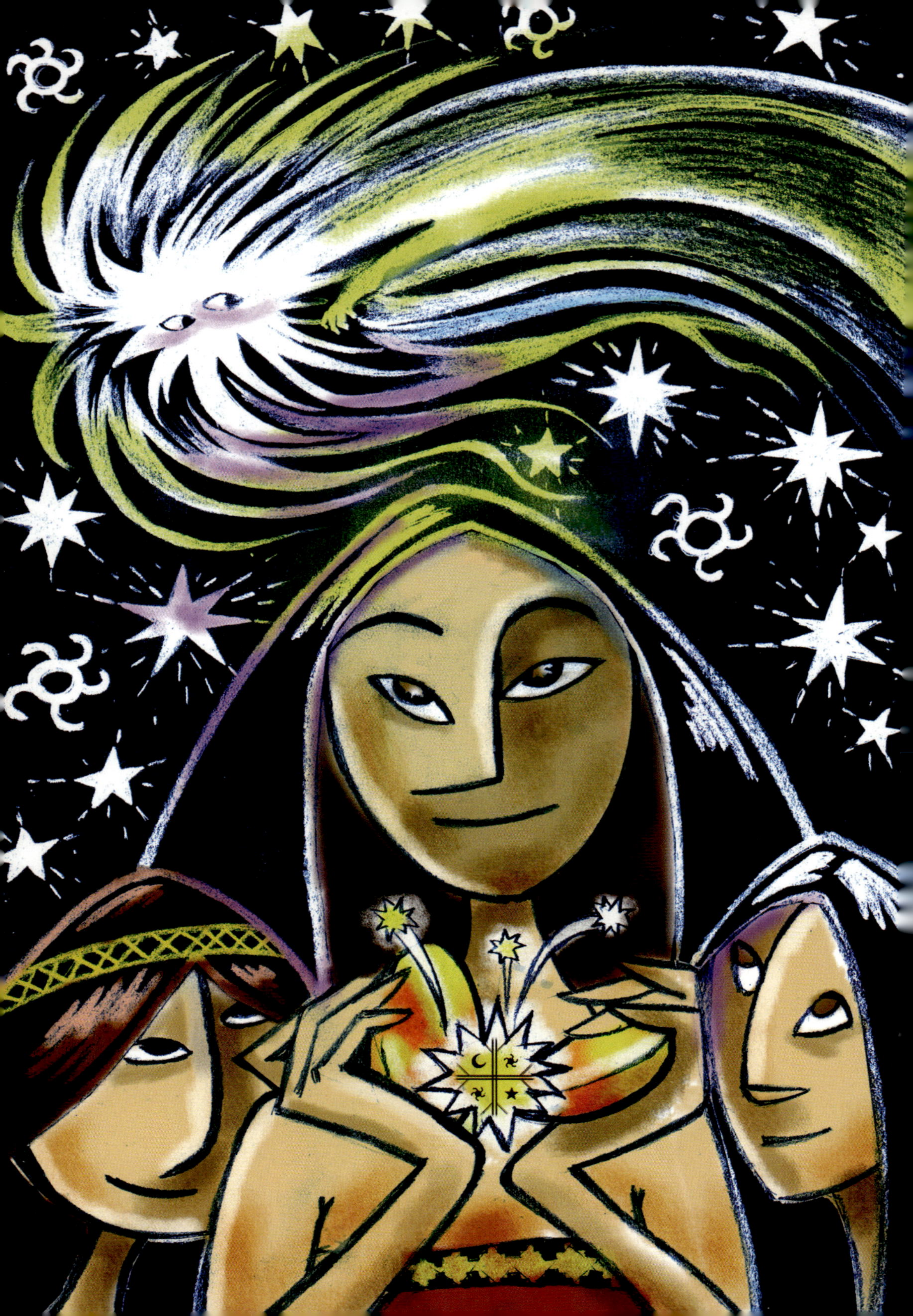

As pedras de fogo

CHILE e países da AMÉRICA LATINA • Lidia Izecson de Carvalho

Há muitos e muitos anos, os índios Mapuches viviam em grutas, que eles chamavam de casas de pedra. Como não sabiam fazer o fogo, eles passavam a maior parte do tempo na escuridão, comiam os alimentos crus e não tinham como se aquecer no inverno.

Os Mapuches acreditavam que seus antepassados, depois de mortos, iam morar no céu e se transformavam em estrelas. Cada uma delas era um avô ou avó iluminada.

Numa dessas grutas, vivia uma pequena família: o pai, a mãe e uma filha, chamada Licán. Uma noite o pai olhou para o céu e viu uma estrela diferente: enorme e com uma grande cabeleira dourada. Ficou preocupado, mas não disse nada à mulher e à filha.

Alguns dias depois, no final do verão, as mulheres resolveram subir a montanha para buscar frutos dos bosques. Licán e sua mãe também foram e a menina estava feliz, pois sabia que conseguiria colher avelãs, pinhões, pepinos e muitos outros alimentos para o inverno.

Chegando lá no alto, encontraram as árvores carregadas e as cestas foram se enchendo rapidamente de alimentos e de alegria. Ninguém se deu conta das horas e, quando as mulheres decidiram voltar, perceberam que a escuridão já começava a cobrir tudo.

Como não poderiam enxergar o caminho de volta, decidiram passar a noite em uma gruta que havia ali por perto. As crianças estavam agarradas às saias das mães quando viram no céu a grande estrela com sua cauda dourada.

— Essa estrela está nos trazendo uma mensagem de nossos antepassados, disse a mais velha das mulheres, que todos chamavam de vovozinha.

Nem bem ela acabou de falar e se ouviu um barulho enorme, vindo de dentro da terra.

Depois do estrondo, a montanha inteira começou a tremer e, do alto da gruta, soltaram-se centenas de pedaços. Todo o grupo se encolheu em um canto e ficou com olhos de pavor esperando o terremoto passar.

Quando tudo se acalmou, as mulheres acariciaram os filhos e, por sorte, ninguém estava ferido. Olharam então para a entrada da gruta e viram cair uma chuva de pedras que soltavam faíscas toda vez que se chocavam.

Emocionada, a vovozinha gritou para todos:

– São pedras de luz! Nossos antepassados estão nos mandando este presente para espantar nosso medo!

As pedras rolaram montanha abaixo e suas faíscas acenderam uma enorme árvore seca que ficava no fundo do vale.

Logo depois, os homens chegaram procurando seus filhos e suas mulheres.

No dia seguinte, ouvindo a história das pedras que soltavam faíscas, os índios subiram a montanha. Recolheram as pedras, esfregaram umas nas outras e conseguiram acender pequenas fogueiras com os galhos secos

Desde esse dia, os Mapuches tiveram fogo para iluminar as suas noites, aquecer as suas casas e também cozinhar os alimentos.

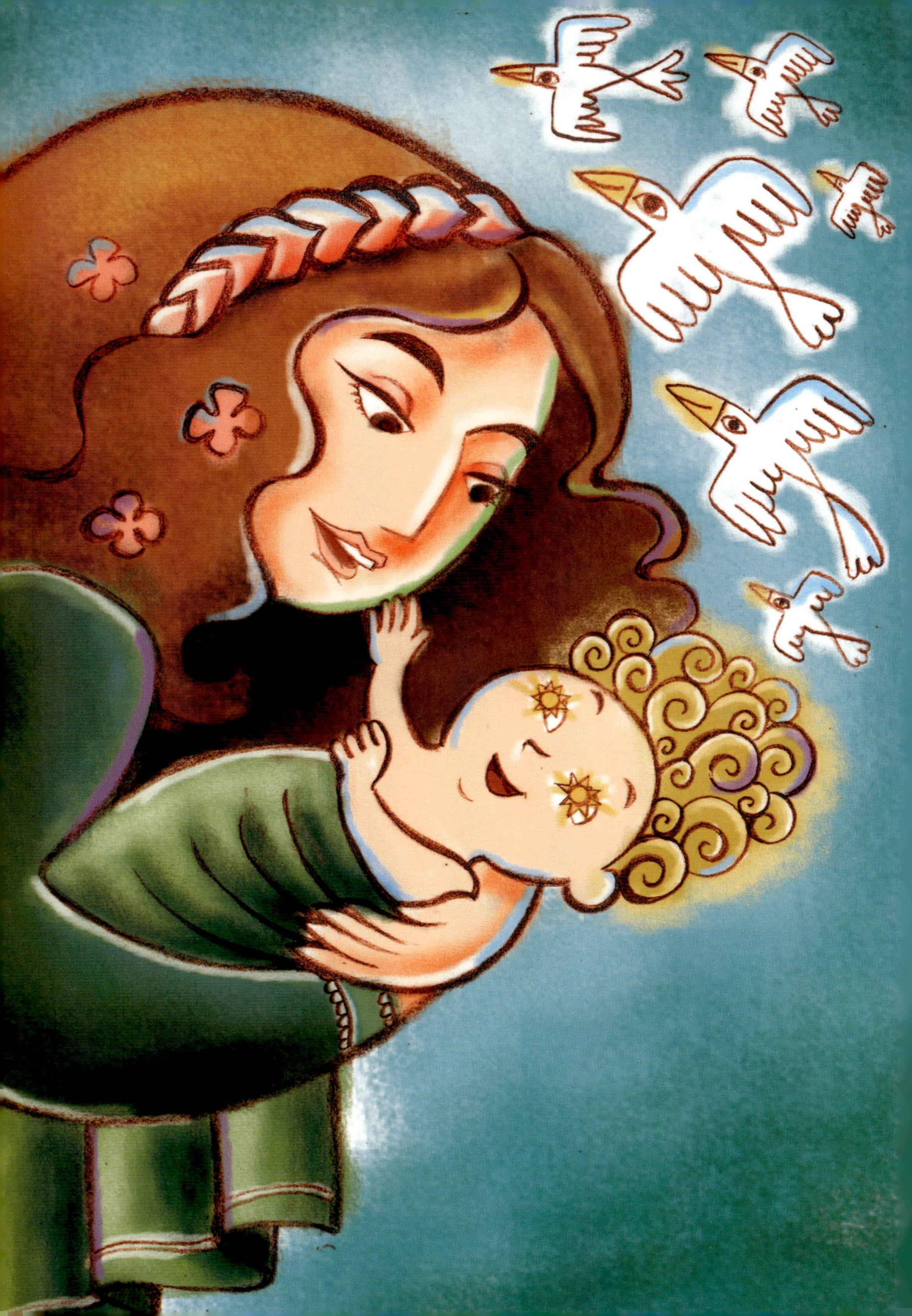

A visita dos pássaros brancos

IRLANDA • Jorge Miguel Marinho

Numa manhã de inverno muito frio, o Grande Rei dormia no seu majestoso palácio, depois de uma noite de festa onde todos comeram e beberam até não poder mais. Nos outros quartos, ele hospedava oito barões que eram os homens mais poderosos da Irlanda e que também dormiam, roncavam, soltavam até bolinhas de álcool pelo nariz, como o majestoso Rei.

De repente, todos eles foram despertados por uma música retumbante, incrivelmente misteriosa, que parecia uma marcha de todos instrumentos musicais vinda céu. Levantaram de um pulo e correram para o pátio. Sobre suas cabeças voava em fila um bando de pássaros tão brancos que até doía nos olhos, todos bailando e espalhando aquele canto maravilhoso no ar.

De uma hora para outra, os pássaros foram pousando e silenciosamente começaram a comer toda a vegetação. Agora os bicos pareciam armas que mordiam, trituravam, destruíam o capim, as flores, as pastagens mais próximas e distantes.

Num instante, tudo se tornou um chão devastado e as aves levantaram voo, deixando uma nuvem terrivelmente negra no ar. Imediatamente o Grande Rei mandou arrumar as carruagens e convocou os oito barões para a maior caçada de pássaros do seu país. Ele saiu na frente com sua irmã, uma princesa que adorava aventuras, e as outras oito carruagens seguiram atrás. Perseguiram os pássaros o dia todo e entraram na noite lançando dardos e pedras, mas não conseguiram acertar nenhum dos pássaros.

Exaustos e distantes do palácio, não podiam voltar por causa da neve e então resolveram procurar um lugar para dormir. Só encontraram uma casinha muito simples, tão humilde que o Grande Rei e sua comitiva ficaram com dúvida de entrar. Mas bastou atravessarem a porta e a moradia miserável se transformou num suntuoso palácio. Todos se acomodaram, comeram e dormiram confortavelmente. Nessa mesma noite, a princesa sonhou com um deus de cabelos loiros e encaracolados chamado Lug, que era o senhor da vida e da luz. Ele explicou para ela que os pássaros brancos eram seus mensageiros e tinham devastado a vegetação a mando dele para que a princesa estivesse ali naquela noite. Era a primeira vez que ela ouvia palavras de amor e ele foi dizendo muitas outras numa linguagem desconhecida enquanto beijava carinhosamente os pés da donzela.

No outro dia, todos voltaram para o reino, o Grande Rei não tão grande como antes e os barões com menos poder.

Não se sabe bem o porquê, depois de nove meses, numa noite em que uma melodia de pássaros inacreditavelmente brancos invadia o céu, a princesa deu à luz um menino forte com cabelos encaracolados como fios de ouro e olhos brilhantes como os raios mais ofuscantes do sol.

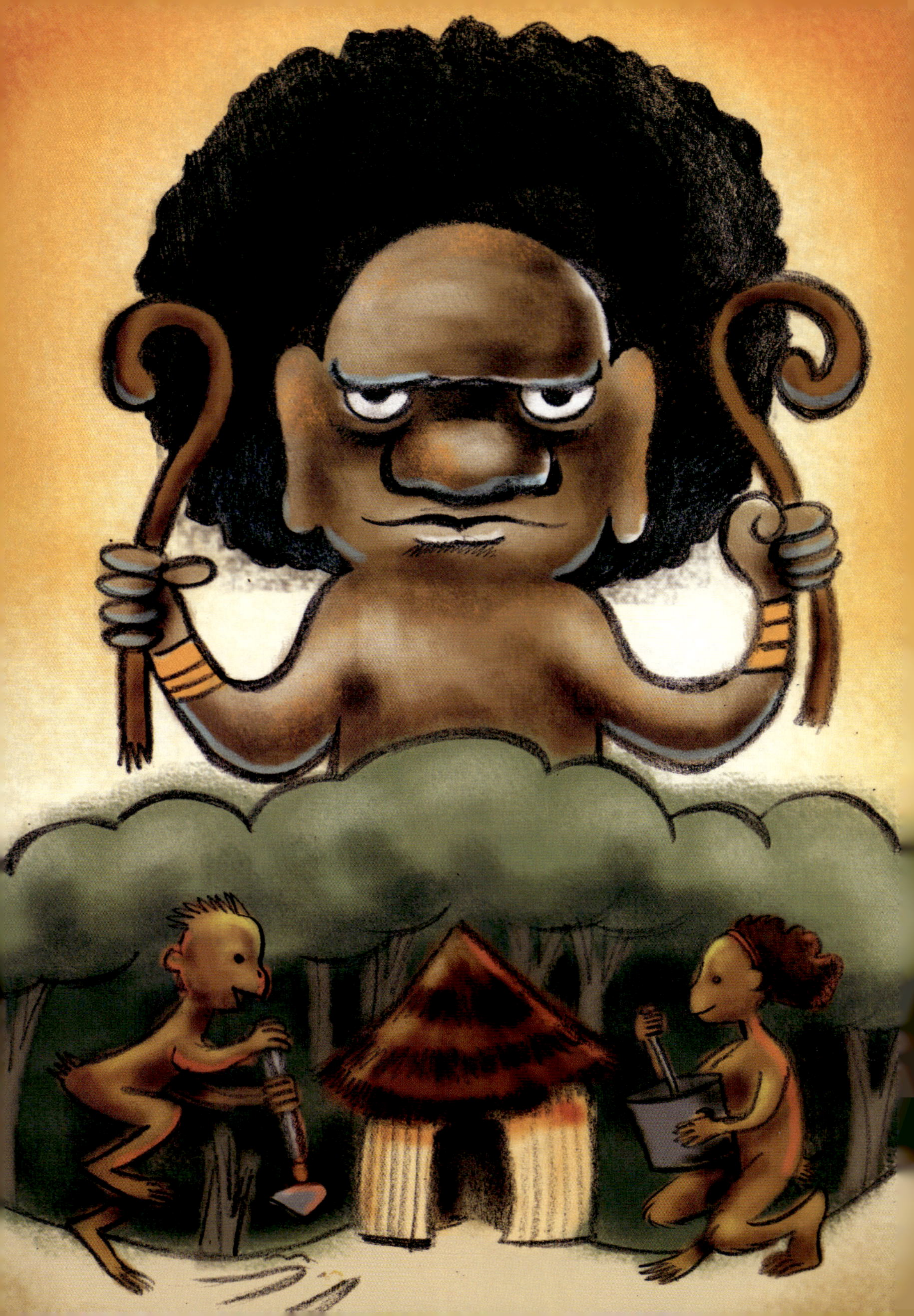

O deus que resolveu inverter as coisas

MOÇAMBIQUE • Jorge Miguel Marinho

Muluku, o deus mais poderoso da África, acordou um dia e se sentiu muito sozinho. Foi até o quintal, cavou dois buracos e retirou de dentro deles um homem e uma mulher. Ficou muito satisfeito, embora as duas criaturas, com a pele muito lisa e completamente nuas, permanecessem muito assustadas diante do seu criador. Mesmo assim, Muluku bradou aos céus:

— Eis aqui um homem e uma mulher inteligentes que vão saber utilizar todos os benefícios da natureza para sobreviver e eu nunca mais vou ficar só.

Como o supremo deus tinha muitas coisas que fazer em outros lugares, ordenou antes de partir:

— Aqui está uma enxada e com ela vocês poderão cavar a terra. Neste saco, há muitos grãos de milho que ela deve semear, colher e depois cozinhar naquela panela. Com este machado, você que é o homem vai cortar quantos galhos de árvore forem necessários para construir uma casa onde os dois vão se abrigar. E vejam também que estou deixando algumas brasas para que vocês mantenham o fogo aceso até eu voltar.

Um belo dia o magnífico deus realmente voltou curioso para saber como andavam os trabalhos do casal. Ficou muito bravo, chegou a chutar a panela vazia que nunca tinha sido usada. Não havia nenhuma cabana, a enxada estava largada no meio do mato, o saco de milho tinha ficado no mesmo lugar. E o homem e a mulher? Eles estavam dormindo, sujos e ainda pelados, junto com os animais.

Não teve outra: o majestoso deus chamou um casal de macacos e deu à fêmea e ao macho os mesmos utensílios, ferramentas, sementes e instruções. Os animais trabalharam duro e fizeram tudo o que Muluku esperava. Foi então que o deus onipotente cortou o rabo dos macacos e decidiu:

— Daqui para frente, vocês vão ser o homem e a mulher desse lugar.

E não se deu por satisfeito: pegou o rabo deles e grudou no traseiro do homem e da mulher.

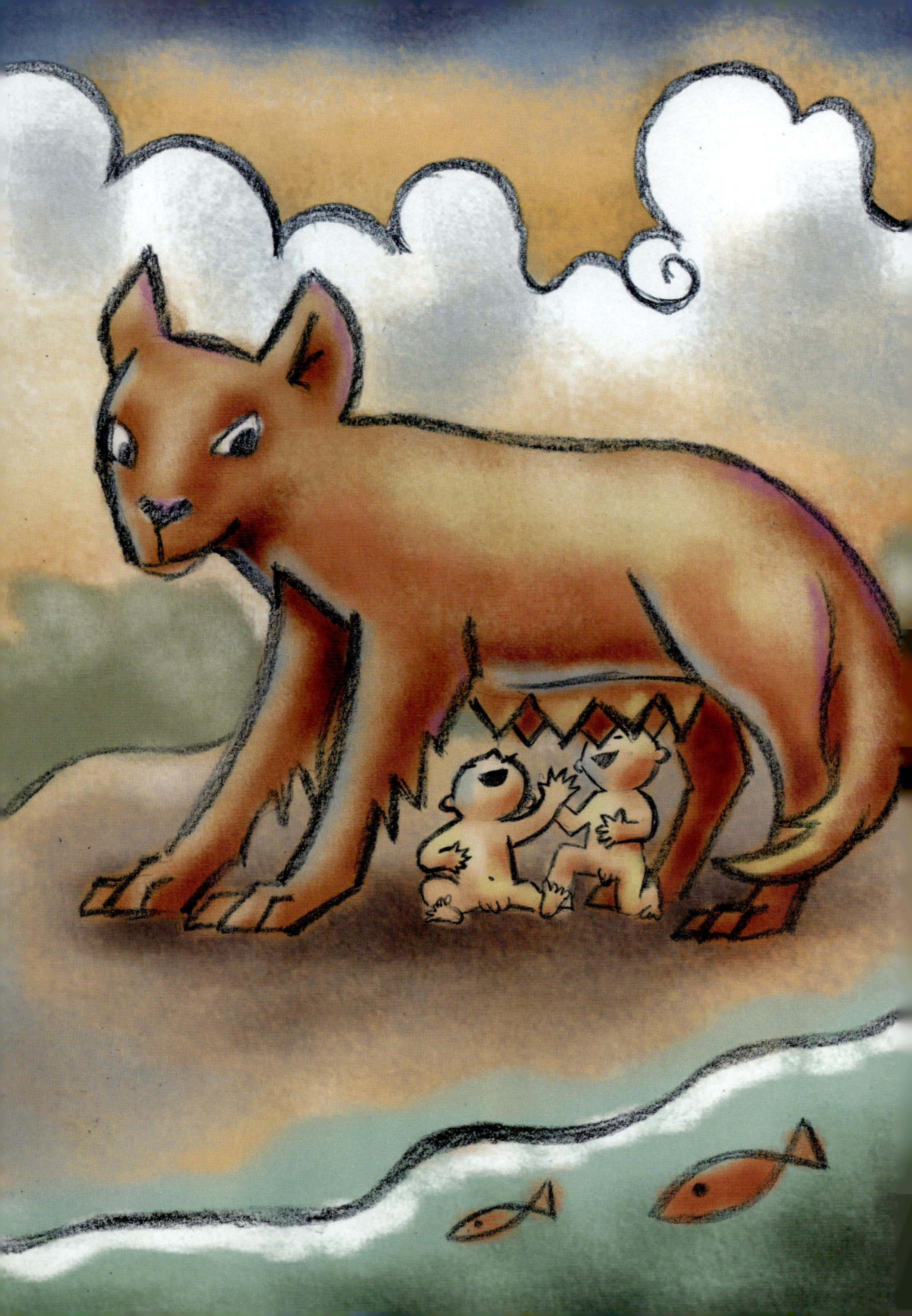

Rômulo e Remo
a lenda da cidade eterna

ITÁLIA • Lidia Izecson de Carvalho

Um rei muito cruel, quando soube que haviam nascido duas crianças gêmeas, netas de seu inimigo, resolveu jogá-las no rio. Os dois bebezinhos chamavam-se Rômulo e Remo e, como não sabiam nadar, ficaram boiando pra lá e pra cá, fazendo a vontade da correnteza. Depois de algumas horas, encostaram na margem e foram encontrados por uma loba. Os bebês não tiveram medo e ela pensou que havia localizado seus filhotes. Assim, ofereceu a eles suas tetas macias, cheias de leite quentinho.

Alguns dias se passaram até que um pastor de ovelhas encontrou os três e resolveu adotar os meninos como se fossem filhos dele.

Os anos foram passando e quando Rômulo e Remo ficaram moços e souberam o que o rei cruel havia feito resolveram se vingar. Foram até o reino e após uma grande luta conquistaram para eles toda a região. Resolveram então construir uma bela cidade nas margens do rio Tibre, exatamente onde haviam sido jogados.

Tudo ia muito bem até que os dois irmãos começaram a brigar para ver quem seria o governante da cidade. Brigaram muito até que Rômulo, enlouquecido para ter o poder só para ele, golpeou mortalmente seu irmão.

A cidade estava completamente pronta, tinha um governante, mas não tinha quem a habitasse. Preocupado com isso, Rômulo divulgou por todos os lados que fugitivos, ladrões ou outros criminosos poderiam morar lá sem serem perseguidos.

A notícia correu e dos quatro cantos apareceram velhos e moços com ar cansado. Rômulo ficou feliz, ele já tinha súditos, mas a cidade não tinha mulheres. Muito esperto, ele bolou um plano. Organizou uma série de jogos, como uma pequena olimpíada, e convidou todos os homens de Sabina, que era a cidade vizinha, para participar.

Enquanto o povo de Sabina estava se divertindo nas provas de atletismo e de bravura, Rômulo e seus guerreiros raptaram a maioria das mulheres e as levaram para a cidade de Roma.

Quando os homens perceberam o que havia acontecido, iniciaram uma guerra sangrenta que durou muito tempo. Foram as próprias mulheres que imploraram para que a guerra terminasse e muitas ficaram em Roma, onde se casaram, tiveram filhos, e assim a cidade foi povoada.

Roma é hoje uma das cidades mais lindas do mundo sendo conhecida como a Cidade Eterna.

Os autores

Edson Gabriel Garcia: nasci em uma pequena cidade do estado de São Paulo há um bom tempo. Cresci entre histórias, amigos e peladas de futebol nas ruas. Quando me mudei para São Paulo, já era um professor que gostava de ler e escrever histórias para os alunos. E foi para eles que escrevi meus primeiros textos. E os seguintes. Alguns bateram asas e foram publicados em outros países. Muitas e muitas histórias depois, dezenas de livros publicados, ainda sigo criando novas histórias. Afinal, o que é a vida, senão uma boa sequência de histórias?

Jorge Miguel Marinho: nasci no Rio de Janeiro há muito tempo e moro em São Paulo há mais tempo ainda porque aqui é o meu "lugar afetivo", que sempre conta mais. Sou professor universitário de literatura, coordenador de oficinas de criação literária, roteirista, dramaturgo, ator, escritor e, sobretudo, "leitor". Tenho textos publicados no exterior e vários livros, entre eles, *Te dou a Lua amanhã*, Prêmio Jabuti, *Lis no peito: um livro que pede perdão*, Prêmio Jabuti, e *Na curva das emoções*, Prêmio APCA. Mas acontece que o melhor de tudo é que tenho muitos amigos dentro e fora do meu país, e isto, sim, é minha história maior e melhor.

Lidia Izecson de Carvalho: sou pedagoga, fiz mestrado em educação e trabalhei quase a vida toda nessa área, mas é no fazer e refazer das palavras que me encontro melhor. Já publiquei muitos textos para professores; vários contos na revista infantil *Recreio*; *Cadê o meu avô*, pela Editora Biruta e o Almanaque *Cortes e recortes da terra paulista*, que ganhou o prêmio Jabuti de 2006 como melhor obra paradidática para jovens. Além de ler e escrever, o que mais gosto é de papear com os amigos, ir ao cinema e viajar para lugares distantes. Se quiser entrar em contato comigo, meu e-mail é: lidia.ic@uol.com.br.